AF363655

LA
FOURMILLIÈRE.

RECUEIL LYRIQUE,

DÉDIÉ AUX

SOCIÉTÉS CHANTANTES.

PARIS.

Les principaux Éditeurs :

ARISTIDE, LÉGER.

1843—1844.

1843

Imp. de J. DELACOUR et Comp., rue de Sèvres, 94.
à Vaugirard.

LA FOURMILLIÈRE.

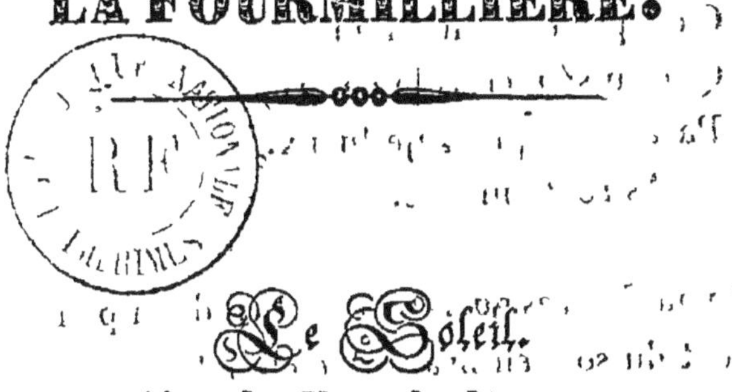

Le Soleil.

Air : du *Chant du départ.*

Peuple, et vous potentat vieillard, adulte enfance,
Vers l'horizon tournez votre regard ;
Admirez d'Orient ce beau char qui s'élance,
Un feu naissant annonce son départ,
Et dans l'immensité s'avance ;
L'auréole couvre les cieux,
Franchit l'univers en silence,
Rois devant lui baissez les yeux.

Refrain.

Astre divin qui nous éclaire,
Ton signal est notre réveil ;
Peuples et tyrans de la terre,
Courbez-vous devant le soleil.

Sur la mer en fureur la tempête commence,
Le ciel en feu fait trembler par ses coups ;
-Et le flot écumant s'entrechoque et s'avance.
Marins, le goufre est ouvert devant vous ;

La nue en éclat se déchire,
C'est par ton reflet lumineux,
Que tu sauverais le navire,
Parais, disque majestueux.
    Astre divin, etc.

Et vous braves guerriers soutien de la patrie,
Jouet du sort en bravant le climat ;
Quand l'honneur vous guidait dans la vaste Russie,
Vos bras vainqueurs affrontaient le trépas ;
    Vos jours se comptaient par victoire,
    Bientôt le froid fut un écueil,
    La mort frappait, restait la gloire,
    La neige était votre cercueil.
        Astre divin, etc.

Si tu n'es pas un Dieu, ton pouvoir est sublime,
Tout ce qui vit est soumis à ta loi ;
Par tes nobles rayons le souffrant se ranime,
Dieu des Incas , pardonne à notre foi ;
    Nous obéissons à nos pères,
    La présence est sur nos autels ;
    Pour le vrai Dieu sont nos prières ;
    Fais grâce aux innocents mortels.
        Astre divin, etc.

MAURICE M....Q..T.

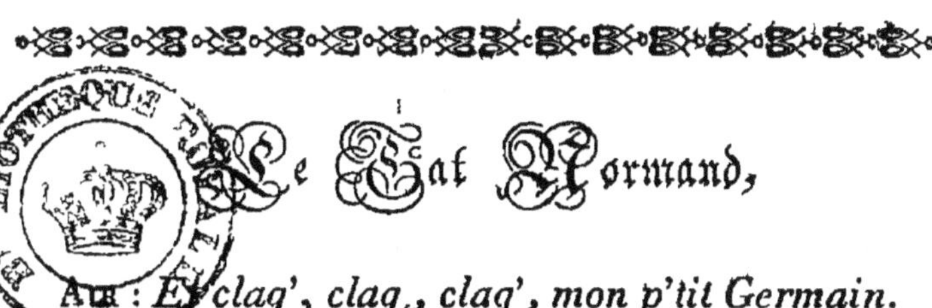

Le Chat Normand,

Air : *Et claq', claq, claq', mon p'tit Germain.*

Nous v'là, n'vous en déplaise,
Ch'étaient nos bons plaisis ;
J'avons quittè Fâlaise
Pou v'nir dreit à Paris ;
    Pâsque, v'yès-vous,
    Ch'étaient nos goûts :
D'mandèz putôt aux gâts d'cheux nous...
Y'â point moyen d'y gagnè d'sous.

Et châ, ch'est point étonnant, yà point d'confiance Ch'est ı
qui chorch'ra à ch'dupè, a ch'trompe, à ch'vôlé, à ch'attrape,
et queuqu'feis la Justiee vous attrape à son tour : et cômm'
j'avion eu queuqu's p'tits demêles avec c'te bônn' dâm' Justice ;
avons dıt. « Gaspard, y faut t'râvise et t'n'âllè . » Mais pôur
js'nalle, faut des pâpies. Mais j'somm's point bête ; j'en avons
eu des pâpıès, et d'bons certifieâts, et d'honnet'te, et d'probıtè ;
avec châ j'avons dıt :

Allèz, mârchèz, j'suis gât Nourmand,
L'plus honnêt' du département.

    On dit qu' dans c'te grand' ville
    Y'â d'lâ curiositè ;
    Pis qu' nous v'là, ch'est fâcile,
    J'pouvons bè m'contentè :
        Aussitôt j'voè
        Et j'âperçoè .

Un' bell' dame au gentil minoè,
Qui m'fait *chit-chit* en tapinoè...

Quoè donc qu'à m'veut, c'te bell' dame-là? A m'dii : « Bon=
« jour, eu m'cousin. — Ah! vous vous trompe; j'suis point
« du tout vont' cousin; yâ point d'si jouli brin d'fille que cha
« dans nout' famille! — Ch't'egâl, montez cheu mei; j'vous
« f'rons veir châ, et vous n'en ch'rèz point fâche. » En effet,
sitôt qu'j'avons etè montè, â nous â embrache, à nous â...
châtouillè, â nous â...., ah! j'peux point vous dire tout
ch'qn'âll â fait, pâsque yâ des dâmes ichit qui pourrions be
ch'fâche..... Apres qu'alle a eu fait tout's ches p'tit's bêtises,
là-t-y pas que je m'somme aperçu qnd j'et'ons voûle?... Ah
dam! lâ d'chus, j'badinons point; j'avons dit : « La pâise,
« ch'est point comm' châ'arrange, entre parents; vous m'avez
« pris mon p'tit châc d'eeus. » All' dit : « Pisque vous en êtes
« aperçu, ch'est pour rire Allez la, prenez-le, voul' tii châc;
« y n'est point perdu. » Oh! je me sommes point fait prie : j'
l'avons ete cri : mais j'sais point comment qu'châ ch'fait'
quand je m'sommes en en alle, j'avions ma bourse et puis la
sienne.

Allèz, marchèz, j'suis gât Nourmand,
L'plus honnêt' du département.

J'chins m'nistoun âc quicrie;
J'avions besoin d'mangè.
J'voyons un' hôtell'rie,
J'dis : « J'vâs bè m'régâlè. »
Lâ fill' vient m'dire
D'un air eu d'rire :
« Qui qu'â monsieu faut l'y chervir?
» — Mam'zell', tout ch'qui vous f'râ plaisir! »

A m'apporte nn poulet à la Marengo, un brouche au bleu,
une anguille a la tartare, un vol au vent une bouteille d'vin

d'champagne... mais ch'est point bon, tuut châ; j'aimons mieux
l'cide... Après qu' javons eu mangé tous ches p'tits brinbo-
rions-la, j'avons demande comben j'devions; elle a dit: Quinze
francs!... Ch'est çie cher, châ! Mais ch't'egal, comme pendant
l'temps qu'alle faisuit le compte j'avion eu le l'temps de rama-
ehe l'couvert et de j'mett' dans notr' pouquette, j'avons dit ;
« Ch'est point avec une belle fille comme vous qu'on deit mar-
« chande; v'la chinq ecus bie comptes ; j'avons l'honneut de
« vous chalué. » Ah! j'y avons tire l'châpiau et le pied.

Allez. mrchèz, j'suis gât Nourmand,
L'plus honnèt' du département.

Pou m'défair' de c't'emplette,
J'voès un ourfèv' qu'est là.
Un gendarme qui m'guette,
M'dit tout-d'gaud : « Halte-là ! »
J'eus beau parlè,
Gesticulè,
Avec l'y fallut bè marchè ;
A lâ Justice fallut âllè.

Mon bon dou Jesus! m'v'là encore eh pronchés avec ch'té
chienne d'Justice..... Quî qu' j'avons donc fait?... J'avons ete
interrougé, accusé : « Vons êtes accuse d'avoir voulel...... Ah!
« mon bon doux president, on vous a trompé, car on m'a
« fouille, on n'm'à rien trouve!... » J'creis ben, je les avions
« si be muches. « Ah ben! qui dit, levez la main comme quoé
« vous êtes innoncent. — Ah! mon doux président, j'leverons
« be la main ec le pied! » J'l'avons l'vé, j'avons ete acquitte,
j'avons ete renvoye; et moi be cotent chantais :

Allèz, mârchèz, ('suis gât Nourmand,
L'plus honnèt' du département.

J'voyons bé qu'à soun aise
On n'peut point ch'attrapè,

Je m'dis : Gât, vers Fâlaise
Il te fauf décampè.
J'quittons l'lougis,
J'quittons Paris ;
M'z'âmis, n'en soyez point surpris,
Mais j'nous enr'tournons au pâis.

Pâsque, vouyez-vous, je sommes bé plus en suireté, oh ! y á poinj de comparaîson. Malgré qu'nout'bonne et hounête famille ait éte accrouche au gibet, et qu' nous j'avous ete oublie, j' comptons tout d'mème dans la prouvidence de nout'bonne Noutre-Dame-de-Bon-Secours ; et p't-ête be qu' comme châ, qu'en graplllant à dreite et pis a gauohe, j'f'rons fortune un jour. et pis apres châ. comme tant d'autres qui chont point pus honnètes qne mei, je ehanterais :

Allèz, marchèz, j'suis gât Nourmand,
L'plus honnêt' du département.

Victor Léger.

Air : *Dis moi, soldat, t'en souviens-tu.*

J'avais vingt ans, lorsque ma destinée
Me fit soldat, soldat de par la loi,
Hélas, disais-je est-ce là l'hyménée,
Qu'au saint hôtel oh préparait pour moi ?

* Cette chanson fut envoyée d'Alger, par l'auteur, aux *Amis de la Rose.* (Avril 1343,) *Note de l'éditeur.*

Las ! je quittais Paris, lieu magnifique,
Mes bons amis, vous m'êtes toujours chers ;
Lorsque je dors sur le sable d'Afrique,
Au cabaret chantez encor mes vers.

Souvent bercé par une rêverie
Je pense encore à nos banquets charmants,
Où j'ai passé des heures de ma vie,
Hélas ! hélas ! je n'étais qu'au printemps ;
Je crois encor qu'un doux refrain bachique
Vient jusqu'a moi transporté par les airs ;
Quand je souris sur les sables d'Afrique,
Au cabaret chantez encor mes vers.

Ce sol brûlant où l'on respire à peine,
Par ma sueur souvent est arrosé ;
L'Arabe au loin déjà couvre la plaine,
Et de fureur mon cœur est oppressé ;
Sur nous s'avance une marche énergique,
Un plomb mortel se croise dans les airs ;
Quand je combats sur les sables d'Afrique,
Au cabaret chantez encor mes vers.

Quand, de fatigue étendu sur le sable,
La faim, hélas ! vient doubler ma douleur ;
La soif encor, fléau plus redoutable,
Me fait sécher et mourir de langueur ;
A tous ces maux mon âme est pacifique,
Et je me dis : mes ans sont encor verts ;
Quand je gémis sur les sables d'Afrique,
Au cabaret chantez encor mes vers.

Clovis Ducrocq.

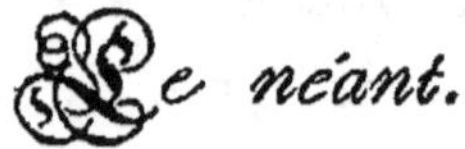Le néant.

Air : *Oh! liberté, que tu dois être belle!*

Quand il nous mit sur cette pauvre terre,
Dieu nous a dit : « Soyez justes et bons,
« Soyez humains, secourez votre frère,
« Et donnez-lui de pieuses leçons ;
« Conservez bien la vertu, l'innocence;
« C'est un devoir que j'impose en créant;
« Et dans le ciel est votre récompense;
« Car sachez bien qu'il n'est pas de néant. »

L'arbre qu'envain la hache vient de fendre
Se reproduit après être abattu,
Et le phénix qui renaît de sa cendre,
Nous dit que rien ne doit être perdu ;
Tout reparaît dans la belle nature ;
Ainsi donc Dieu, par son pouvoir géant,
Ne laisse pas périr sa créature,
Ou ne veut pas la livrer au néant.

O! mon enfant, ô ma fille adorée !
Trop jeune, hélas ! tu descends au tombeau !
Pourtant mon cœur se berce de l'idée
De nous revoir dans un monde nouveau.

Mais quelquefois cet espoir m'abandonne,
Lorsque j'entends ces mots d'un mécréant :
« L'éternité jamais n'admit personne,
« Avec la mort tout retourne au néant. »

Bouzon.

Laissez bruler ce qui n'cuit pas pour vous.

Air : *Corbleu ! morbleu ! de quoi vous plaignez-vous ?*

Accablé d'une faim lutine,
Un gastronome sans argent
Passait devant une cuisine
Qu'embaumait un rôt succulent :
« Holà ! dit-il, la cuisinière,
« Le feu va gâter vos ragoûts....
« — Vraiment, monsieur ? (répond cette dernière :
Laissez brûler ce qui n'cuit pas pour vous» *ter.*)

Souvent des fripons, en ce monde,
Envieux d'une dignité,
S'en vont clabaudant à la ronde
Leurs vertus et leur probité;
Riant de leur sotte arrogance,
Pour dépiter tous ces jaloux,
Thémis leur dit, en montrant sa balance :
« Laissez brûler ce qui n'cuit pas pour vous. »

Aux champs, une jeune glaneuse
Du repos goûtait la douceur;
En lorgnant sa gorge amoureuse,
Je m'écriai, dans mon bonheur :
« Astre brûlant de la nature,
« Ménage des appas si doux !... »
Ma voix l'éveille, elle fuit et murmure :
« Laissez brûler ce qui n'cuit pas pour vous. »

Du marché voyez cette rose,
A l'œil fripon, aux traits charmants ;
Voyez ce *gueux*, qu'elle dispose
Pour narguer la fraîcheur du temps :
« C'est trop ardent, dis-je, ma chère,
« Craignez de griller vos genoux.
« — A''-vous fini !!! (cria la poissonnière);
« Laissez brûler ce qui n'cuit pas pour vous. »

Lorsque, dans nos humbles chaumières,
Les Calmoucks, régnant en tyrans,

Exploitaient de mille manières
Le toit des pauvres paysans,
Voulant se faire bonne bouche,
Ils gargotaient un lard aux choux ;
Quand un *grognard* dit vidant sa cartouche,
« Laissez brûler ce qui n'cuit pas pour vous.. »

Messieurs, mon estomac réclame ;
Pardon, mais il me faut aller
Jusque chez moi, voir si ma femme
A mis quelque chose à brûler.
D'ailleurs, finit ma chansonnette ;
Applaudissez comme des fous....
Mon cher voisin, je crains qu'on ne répète :
Laissez brûler ce qui n'cuit pas pour vous..

Victor Léger.

AH B'EN ! BOUFRE ! TANT MIEUX.

Air : *Ne vous déguisez pas.*

Amis qui voulez que je chante,
Sachez d'abord *ce qui m'enchante ,*
C'est avant tout *ce gai refrain*
   « Versez du vin.   (bis.)
Faudrait-il que *comme en Turquie ,*
L'on supprimât *cette ambroisie*
Des vins, *le meilleur, le plus vieux ?*
Ah b'en ! boufre ! tant mieux. (bis et chorus.)

2

Aimable et gentille friponne
Souvent *à mon cœur* s'abandonne,
Me dit, quand je l'embrasse au front :
    Finissez donc.   (bis.)
A cette douce résistance,
Céderai-je quand je commence?
Me dis-je admirant ses beaux yeux.
Ah b'en! boufre! tant mieux. (bis et chorus)

Les *ultra* prétendaient *en France*,
Nous mener *avec arrogancee,*
Que le *peuple* dirait, *vaincu*,
    « *Tout est perdu.* »   (bis.)
Que *Momus* fuirait et *la gloire*,
Que *chaque bigot* ferait croire
 Qu'une niche l'attend aux cieux.
Ah b'en! boufre! etc.

L'on croit que *les femmes gaillardes*
Sont toujours *les plus babillardes,*
Mais *moi*, soutenant leur *renom*,
    Je dis que *non.*   (bis.)
Car à Cythère *(pour tout dire)*,
Quand *l'une* a fait *joujou* pour rire,
Le dit-elle *aux plus curieux ?*
    Ah b'en? boufre! etc.

L'anglais, croyant tromper *l'histoire*,
Écrit « Qu'aux champs de la victoire,
« *Au feu*, quand les canons grondaient,
   « *Nos preux tremblaient.*   (bis)

« *Qu'on ne vit briller nos panaches,*
« *Ni nos vieux grognards à moustaches,*
« *Aussi solides que des pieux.* »
Ah b'en ! boufre ! etc.

Un misanthrope, *en sa folie,*
Veut que j'adopte *sa manie,*
Mais, *loin d approuver ses débats,*
  Je ris *tout bas.*   (bis.)
Croit-il que pour lui *non affable,*
Je fuirai *chaque femme aimable,*
La table, et mes amis joyeux ?
Ah b'en ! boufre ! etc.

Je veux, *par mon dernier voyage,*
Voir *Proserpine* au noir rivage,
Debraux, Dauphin. Vadé, Piron,
  Danser *en rond ;*   (bis.)
Croyez-vous que, *loin de Voltaire,*
Dans *le Paradis,* je préfère
Les pauvres d'esprit bienheureux ?
Ah b'en ! boufre ! etc.

A. PÉRINT de Compiègne.

Les Buveurs d'hier.

(PARODIE.)

AIR : *Soldats d'hier marchons à la frontière*

Quoi! sourd et sans raison
Quand Bacchus nous appelle,
Pour ceindre notre front
De palme encor nouvelle ;
Lever la tête altière
Sans aide et sans appui,
Marchons à la barrière,
Buveurs d'hier, marchons,   (*bis.*)
Marchons à la barrière.

Certain jour au plus tard
C'était l'année dernière,
Je quittai mon moutard,
Moi puis ma parsonnière ;
Pour goûter les douceurs
De la vie pochardière,
Nous nous fîmes buveurs ,
  Marchons etc.

Mais l'effet d'un temps gris
Vient tourmenter nos treilles;
Sauvons donc, mes amis,
Leurs grappes si vermeilles ;

Si nous y parvenons
La liqueur nourricière,
Doit colorer nos fronts,
   Marchons, etc.

Buveurs, serpette en main
Courons à la vendange,
Déclarons guerre enfin
Aux auteurs du mélange,
Bacchus, pour ces combats,
Cède à notre prière,
Fais-nous gros, fais-nous gras,
   Marchons etc.

Halte-là, Champoneau
Se porte à ma pensée,
Jadis son vin nouveau
Réchauffa notre idée ;
Encore pour ce plaisir,
Avalons la poussière,
S'il faut après mourir,
   Marchons etc.

Mais si nous trébuchons
Dans le jour de goguette,
Sans crainte, amis, tâchons
De relever la tête ;
Bonheur à qui verra!
Toute la bande entière,
A l'unisson dira :
   Marchons etc.

Victor Léger.

Le Philosophe de Vaugirard.

Air : *Amis, voici la riante semaine.*

A peine né, je commençai ma course,
Pauvre écolier peu chargé de butin.
Au prytanée obtenant une bourse,
Gai je partis, content de mon destin.
Je n'étais pas meublé pour la dépense,
Plus d'une fois j'eus soif, le ventre creux ;
A cinquante ans, je dis, lorsque j'y pense,
Non, l'écolier n'est pas toujours heureux !

Quittant le sac, seul présent de mon père
En succombant au pont de Montereau,
Je m'éloignai d'où Louis en colère,
Livrait Berton à la main du bourreau !
Rêvant toujours à nos vieilles campagnes,
En m'éloignant du sol de mes aïeux ;
Je me disais me trouvant sans épargnes,
Non, le soldat n'est pas toujours heureux !

Après six mois d'insulte à ma jeunesse,
Pauvre d'habits, d'argent et de savoir,
Pieds nus, glacé, je revins à Lutèce,
Sur le pavé qui sut m'y recevoir.
Mis en gueux que la misère opprime,
Sur un des quais de son fleuve bourbeux ;

Pouf exister j'implorais un décime,
Fou, non, jamais l'exilé n'est heureux '

Avec la faim je cesse de combattre,
Je trouve un gite et du pain reproché :
En travaillant seize heures sur vingt-quatre,
Pis qu'un forçat à sa chaîne attaché !
Plaisirs, repos, que le dimanche amène,
N'arrêtent pas mon travail rigoureux ;....
Si loin des lois de la nature humaine,
Non, l'ouvrier n'est pas toujours heureux !

Dans ce Paris, tout chef est un despote,
Un cœur de feu, que rien ne peut fléchir,
Gens inhumain qui ne voit qu'un ilote,
Dans l'employé contraint à obéir.
Fraternité, toi qu'en vain l'on implore,
Entends ces mots qui vont jusques aux cieux ;
Pour nous sauver qu'un Christ arrive encore,
Car les commis ne sont jamais heureux !

Trente cinq ans me donnent des pénates,
Je deviens riche.... et je deviens époux ;
Puis deux enfants avec leurs blondes nattes,]
Leurs traits charmans rendent mon sort bien doux.
Mon cœur s'émeut,... mais mon âme soupire,
Pour le malheur qu'on repousse en tous lieux;
Muet témoin du dédain qu'il inspire,
Dans mon bonheur je ne puis être heureux !

Mais quel réveil ! Dieu que viens-je d'entendre ?
Tout est perdu... le moment est fatal !
Mon avenir est tout réduit en cendre,
Faudra-t-il donc mourir à l'hôpital ?
Privé d'appas, separé de mes filles,
Ah ! si je meurs où sont morts mes aieux ,
Triste jouet des haines de famille,
J'aurai vécu sans jamais être heureux !

H. Richard.

La Goguette.

Air : *Oui voilà la vie que nos moines font.*

Refrain.

Vive la goguette
Dont le plaisir rejette,
La froide etiquette
Par des refrains joyeux.

Amis de la treille,
Au ton de la chanson,
Que Bacchus réveille
En vous un gai flonflon ;
Qu'un noble délire
Vienne vous inspirer
Et vous fasse chanter:
Vive, etc.

Vous, causeurs austères
Qui souvent nous prêchez,
Que boire des pleins verres,
C'est de nos gros péchés ;
De cette doctrine,
Docteurs, défaites-vous,
Répétez avec nous :
   Vive, etc.

L'avare n'aspire
Qu'après de grands trésors,
Son cœur ne soupire
Que pour des monceaux d'or ;
Mais le prolétaire
Vit heureux et content,
Lorsqu'il redit gaîment :
   Vive, etc.

Parfois l'humeur noire
Vient nous assiéger,
Sachons rire et boire,
Sans nous en affliger ;
La mélancolie
Ne vaut pas, nous dit-on,
Le doux jus d'un flacon.
   Vive, etc.

Des îles Marquises
Tous les bons habitants,

Ont pris leur devise
A nos Français chantants;
Chez ces insulaires
Momus a pris séjour,
Où chacun tour à tour
   Chante la goguette, etc.

Égayons la vie
Par le vin et l'amour,
Et que la folie
La charme à son tour ;
Quand de cette terre
Il nous faudra partir,
Plus moyen de jouir.
   Viv , etc.

JOURDAN.

Le Caprice,

Air : *Connu.*

Joyeux enfants que la gaîté convie,
De son saint temple il faut bannir le deuil
Chassons au loin l'égoïsme et l'envie
Qu'un voile blanc tapisse notre deuil ;
De notre sein repoussons la malice,
Vous, cœurs impurs ne rentrez pas chez nous;

Passez, passez, suivez votre caprice,
Les vrais amis viendront au rendez-vous.

REFRAIN.

> Enfants, de la constance
> Imitons nos aieux,
> Conservons l'innocence,
> Loin des capricieux.

Mais n'entrez pas vous qui faites les prudes,
Et vous amants dont l'esprit est flatteur ;
Votre inconstance et vos ingratitudes,
Portent partout l'effroi, le déshonneur
Pourquoi tromper l'enfant par artifice,
Et les parents sous le titre d'époux ;
Passez, passez, suivez votre caprice,
Les imposteurs ne rentrent pas chez nous.
    Enfants de la constance etc.

Prêtres, portez plus loin votre arrogance,
Nous connaissons vos forfaits immortels,
Vous inspirez le vice à l'innocence,
Qui vient prier au pied de vos autels.
Tous vos discours au milieu de l'office,
N'ont d'autres mots que l'enfer et le ciel;
Passez, passez, suivez votre caprice,
Dans les cœurs purs infiltrez votre fiel.
    Enfants de la constance etc.

Passez encor homme dont la nature,
A prodigué de factices bienfaits,
Dans vos salons où brille la dorure,
Oui la vertu refuse ces reflets ;
Tous vos plaisirs sont conduits par le vice,
Pour accomplir vos projets odieux,
Passez, passez, suivez votre cacrice,
Suivez le cours d'un fleuve ambitieux.
    Enfants de la constance etc.

Passez aussi vous dont la jalousie,
Sut endurcir et consumer le cœur ;
Une couronne enfin vous fit envie,
Vous en avez les titres et l'honneur ;
La liberté fut votre conductrice,
Mais maintenant vous n'avez que l'orgueil ;
Passez, passez, suivez votre caprice,
D'en peuple entier vous creusez le cercueil.
    Enfants de la constance etc.

O mais entrez vous dont le cœur sensible,
A soulager partout la pauvreté ;
Car de la faim le fléau si terrible,
Par les tyrans fut toujours enfanté ;
Mais parmi vous il n'en est pas qui puisse,
Au malheureux refuser des secours ;
Enfants entrez suivez votre caprice,
Car la vertu chez nous trouve son cours.
    Enfants de la constance etc.

Clovis Ducrocq.